Pascale Bouchié • Étienn

LA VÉRITABLE HISTOIRE de Yéga l'enfant de la préhistoire qui aimait les chevaux

bayard poche

La véritable histoire de Yéga a été écrite par Pascale Bouchié
et illustrée par Étienne Jung.
Texte des pages documentaires : Pascale Bouchié.
Maquette : Natacha Kotlarevsky.
Illustrations : pages 9, 15, 24, 35, 39 : Nancy Peña ; pages 6-7 : Romuald Gleyse ;
pages 18-19 : Jean-François Pénichoux ; pages 42-43 : Patrick Deubelbeiss.

La collection « Les romans Images Doc »
a été conçue en partenariat avec le magazine *Images Doc*.
Ce mensuel est édité par Bayard Jeunesse.

18 rue Barbès, 92120 Montrouge
ISBN : 978-2-7470-3842-3
Dépôt légal : mai 2012

Loi n°49-956 du 16 juillet 1949 sur les publications destinées à la jeunesse.
Imprimé en France par Pollina s.a., 85400 Luçon - L60642a.

CHAPITRE 1

LE CLAN DE LA RIVIÈRE

– Eh la Boiteuse ! On parie que j'arrive à la rivière avant toi ?

Yéga hausse les épaules et ne répond pas à Bronx qui dévale la colline avec les autres enfants du clan. Elle a décidé une fois pour toutes d'ignorer les moqueries du fils du chef.

Son fagot de branches sur la hanche, la fillette

contemple les tentes du campement dont les ombres s'étirent sur la plaine. Puis elle prend le chemin du retour en claudiquant.

Près de la rivière, elle retrouve son oncle Vanec dont la besace en peau de loutre déborde d'herbes qui soignent. La tristesse de sa nièce n'échappe pas au vieil homme qui la prend par les épaules :

– Viens ma Yéga. Je vais t'expliquer les vertus des plantes que j'ai ramassées.

Au milieu du campement, ils s'arrêtent près du foyer. Une outre pleine d'eau est accrochée à un trépied de bois. Des femmes chauffent le bouillon en y jetant des pierres brûlantes tirées du feu. Vanec hume la soupe où flottent des morceaux de viande et des oignons sauvages. Il sort une poignée d'herbes de son sac et la tend aux cuisinières :

– Voici du cresson pour vous. Votre soupe sent très bon, complimente le vieil homme.

Yéga dépose son fagot et s'empresse de suivre Vanec sous leur tente. Son oncle est le grand chaman* du clan et la fillette est très fière des secrets de médecine qu'il partage avec elle.

* *Chaman : prêtre-sorcier.*

– Je reconnais ces baies violettes, dit-elle. Leurs racines sont bonnes pour les rhumatismes, n'est-ce pas ?

– Oui, Yéga. Maintenant regarde cette écorce de bouleau, montre Vanec. Elle durcit en séchant et maintient un bras ou une jambe cassés.

– C'est ainsi que tu m'as soignée quand j'étais bébé ? demande Yéga. Mon oncle, raconte-moi encore…

suite page 8

NOS ANCÊTRES DE LA PRÉHISTOIRE

Voici quelques-uns des hominidés qui ont existé sur la Terre depuis 4 millions d'années.

1. Australopithèque

De 4,2 à 2 millions d'années
Nom : il veut dire « singe du sud »
Adresse : Afrique
Taille : de 1,10 m à 1,40 m
Menu : racines, feuilles, fruits
Signe particulier : il marche sur ses deux pieds
Outil : le bâton

2. *Homo habilis*

De 2,4 à 1,5 millions d'années
Nom : il veut dire « homme habile »
Adresse : Afrique
Taille : 1,40 m
Menu : racines, baies, viande crue
Signe particulier : il utilise un langage articulé pour parler
Outil : le chopper, un galet grossièrement taillé

3. *Homo erectus*

De 1,8 à 0,6 million d'années
Nom : il veut dire «homme qui se tient droit»
Adresse : Afrique, puis Asie et Europe
Taille : 1,60 m
Menu : végétaux, viande
Signe particulier : il maîtrise le feu et fait cuire ses aliments
Outil : le biface, un galet retaillé sur ses deux faces

4. Néandertal

De 350 000 à 30 000 ans
Nom : il vient de la vallée de Neander, en Allemagne
Adresse : Europe et Proche-Orient
Taille : 1,60 m
Menu : surtout de la viande
Signe particulier : il enterre ses morts
Outil : la lance avec une pointe en pierre

5. *Homo sapiens*

De 180 000 ans à aujourd'hui
Nom : il veut dire «l'homme savant»
Adresse : partout dans le monde
Taille : 1,70 m
Menu : végétaux, viande cuite
Signe particulier : il peint sur les parois des grottes
Outils : des armes perfectionnées

Le vieil homme prend la fillette dans ses bras et murmure :

– C'était il y a dix ans, tu venais de naître. Un troupeau de bisons a foncé sur le campement…

– Pourquoi les bisons ont-ils fait cela ?

– Ils avaient été effrayés par un feu de prairie… Tout le monde s'est enfui, mais ta mère ne pouvait pas courir et ton père la soutenait.

– Où m'as-tu trouvée ?

– Dans un trou. Tes parents t'ont cachée là et se sont couchés sur toi. Ils sont morts, piétinés par les bisons, mais ils t'ont sauvé la vie.

– Je suis vivante, mais boiteuse !

– Les Esprits ont voulu que tu boites, Yéga. Mais c'est un signe qui prendra sens un jour, conclut Vanec. Viens, il est temps d'aller goûter ce délicieux bouillon de renne.

Après le dîner, le clan de la Rivière se réunit pour préparer la chasse du lendemain. Yéga s'est assise près du feu pour coudre. Elle passe un tendon dans le trou d'une aiguille en os et brode sur sa tunique des plumes et des coquillages. Elle semble très absorbée par son travail,

suite page 10

LA LONGUE LIGNÉE HUMAINE

C'est long la préhistoire !

Un préhistorien, Henry de Lumley, a transposé les inventions humaines sur le calendrier d'une année. Le 1er janvier, le premier homme taille une pierre en Afrique pour en faire un outil. Le 15 juin, il arrive en Europe. Le 15 novembre, il fait du feu. Le 26 décembre, il peint des animaux dans les grottes. Il apprend à écrire le matin du 31 décembre. Et toi, tu nais le même jour à minuit.

Toumaï et Lucy, nos ancêtres

C'est en Afrique qu'on a retrouvé les plus anciens de nos ancêtres. En 1974, en Éthiopie, un squelette féminin est exhumé. Il a 3 millions d'années et est baptisé Lucy par les scientifiques. En 2002, le crâne d'un hominidé de 7 millions d'années est découvert : il est appelé Toumaï.

L'homme actuel

Il apparaît il y a environ 180 000 ans. Les archéologues l'appellent *Homo sapiens* ce qui veut dire « l'homme savant ». En France, on l'appelle aussi « homme de Cro-Magnon » parce qu'on a retrouvé son squelette à Cro-Magnon, en Dordogne. On appartient à cette espèce humaine.

L'union fait la force

À la préhistoire, les *Homo sapiens* sont des chasseurs-cueilleurs. Ils vivent en clan d'une vingtaine de personnes. Ils se déplacent en suivant les troupeaux d'animaux sauvages qu'ils tuent pour se nourrir. Les familles s'installent à l'entrée des grottes ou bâtissent des tentes avec des branches et des peaux. Ils construisent des armes avec des pierres taillées attachées au bout de javelots. Ils fabriquent des propulseurs, des crochets qui permettent de projeter une lance très loin. Ils ont inventé l'aiguille pour coudre leurs vêtements ou fabriquer des sacs hermétiques. Ce sont aussi de grands artistes.

mais ne perd pas une miette de ce qui se trame.

– J'ai repéré un troupeau de chevaux à un jour de marche d'ici, explique Soho, le chef. Demain, nous leur tendrons un…

Bronx lui coupe la parole :

– Père, je suis assez grand pour participer à la chasse ! Ma lance est prête…

Soho le fusille du regard :

– Ne m'interromps pas, Bronx ! Chaque membre du clan aura sa place. Cette nuit, Vanec invoquera les Esprits de la chasse. Avant le lever du soleil, nous nous mettrons en route. J'ai parlé !

Puis le chef ferme ses poings et les croise sur sa poitrine : la réunion est terminée. Bronx s'éloigne du feu en traînant les pieds. Il croise le regard de Yéga et comprend qu'elle a été témoin de son humiliation. Pour se venger, il lui glisse d'une voix méprisante :

– Demain, tout le monde sera utile sauf toi, la Boiteuse ! Tu resteras au campement avec les vieillards et les bébés.

– Je ne peux pas courir, Bronx, répond Yéga en le regardant droit dans les yeux. Mais je prierai les Esprits pour que ta route ne croise pas celle du lynx…

À ces mots, le garçon rougit brusquement, tourne les talons et fonce dans sa tente. Yéga plie soigneusement sa tunique brodée et salue de loin son oncle. Mais celui-ci ne la voit pas. Coiffé d'un crâne de renne aux bois immenses, Vanec est entré en transe. De ses lèvres entrouvertes monte un chant monotone.

Yéga s'enroule dans une fourrure et s'endort, bercée par la mélopée de son oncle.

CHAPiTRE 2

PERLE

Une immense clameur monte de la vallée. Les femmes et les enfants hurlent, et brandissent des torches enflammées pour effrayer la horde. Les chevaux affolés se précipitent vers la rivière où les hommes attendent, postés en surplomb. Le gros du troupeau s'échappe, mais les chasseurs cernent quelques femelles et leurs petits qui sont à la traîne. Une pluie de sagaies s'abat sur les bêtes.

Au sommet de la colline, Yéga compte : « Un, deux, trois, quatre chevaux au sol ! Le clan ne manquera pas de viande ! »

La fillette reprend le chemin du camp. Soudain un faible hennissement l'alerte. Un poulain tourne autour d'une jument couchée. Yéga s'approche doucement et découvre la pointe d'une lance cassée dans le cou de l'animal au sol.

– Ta mère a fui les chasseurs, mais elle est morte. Que vas-tu devenir maintenant ? s'interroge Yéga, en caressant la crinière noire du poulain.

Elle lui tend une brassée d'herbes, mais l'animal n'y touche pas.

– Je comprends ; tu tétais encore le lait de ta mère…

Yéga décide de ne pas abandonner l'orphelin. Elle lui passe une liane autour du cou et l'entraîne à proximité du campement où elle l'attache à un arbre. « Les chasseurs ne sont pas encore rentrés. Je dois faire vite. » Yéga se faufile sous une tente, prend une poignée de grains et un bol en os. Puis elle rejoint le poulain et le guide vers la montagne :

– Viens mon bébé. Tu vas découvrir ma cachette.

suite page 16

LES ANIMAUX DE LA PRÉHISTOIRE

Le mammouth

Ce costaud pèse 6 à 10 tonnes. Il est très difficile à chasser. Pour le piéger, les hommes préhistoriques l'entraînent dans un marécage ou le poussent dans un ravin. Son épaisse fourrure, sa viande abondante et sa bonne couche de graisse en font un gibier précieux. Il a disparu il y a 10 000 ans, quand le climat s'est réchauffé.

Le cheval

À la préhistoire, le cheval vit à l'état sauvage. Il est chassé par l'homme pour être mangé. Il est domestiqué seulement vers 4 000 avant Jésus-Christ pour être monté ou aider aux travaux. Les chevaux peints à Lascaux (voir page 39) ressemblent au cheval de Przewalski qui vit encore en Mongolie.

Bêtes à cornes et à écailles

Les hommes préhistoriques chassent surtout des rennes qui sont très nombreux. Les bisons, les aurochs, les bouquetins sont aussi des proies appréciées. Leurs bois et leurs cornes permettent de fabriquer de nombreux outils. La pêche est un autre moyen de se nourrir. Les poissons sont attrapés grâce à des harpons à double rangée de barbelures.

L'élevage : une révolution

L'homme nourrit et soigne des animaux depuis 15 000 ans. D'abord le chien, puis les moutons et les chèvres, les porcs, les bovins, le cheval, les poules. L'homme élève ces animaux pour se nourrir et ne plus dépendre de la chasse.

Pas de dinosaures !

Les dinosaures sont apparus il y a 230 millions d'années et ont disparu il y a 65 millions d'années, après la chute d'un astéroïde sur la Terre. Ils n'ont pas croisé les hommes préhistoriques, apparus il y a 7 millions d'années environ.

Une heure plus tard, l'enfant et le cheval se reposent près d'une cascade. Un petit abri-sous-roche offre un refuge où la fillette vient souvent pour échapper aux moqueries de Bronx. Le fils du chef en veut à Yéga parce qu'elle l'a vu un jour s'enfuir devant un lynx.

Pour nourrir le poulain, Yéga écrase le grain avec une pierre, le met dans le bol et y ajoute de l'eau. Elle malaxe cette bouillie et en fourre une poignée dans la bouche du poulain. Il y prend goût et finit seul le contenu du bol. Yéga caresse sa croupe grise :

– C'est bien mon petit ! Tu vas rester ici, car tu serais en danger au campement. Je reviendrai demain.

Yéga rejoint vite les femmes du clan qui dépècent les chevaux tués. Les cuissots de viande sont enveloppés dans des feuilles, recouverts d'argile et posés dans une fosse où brûle un grand feu. D'autres morceaux sont mis à sécher pour être mangés plus tard. Les peaux seront grattées, et deviendront des habits et des couvertures. Les os feront des outils ou de la vaisselle. Les intestins et l'estomac seront nettoyés et serviront de sac. La graisse alimentera les lampes.

Yéga est chargée d'entretenir les braises du feu. Mais elle ne pense qu'au poulain qui l'attend à la cascade : « Comment vais-je l'appeler ? », se demande-t-elle.

Une année est passée. Yéga a vu grandir le poulain qu'elle a baptisé Perle. Maintenant qu'il est grand, elle craint qu'il ne devienne une proie pour les chasseurs. Elle fait donc très attention à ne pas être suivie quand elle va le rejoindre.

Son plus grand plaisir est de le voir galoper. Un jour, elle a une drôle d'idée.

suite page 20

1
2
3
4
5
6

UN VILLAGE PRÉHISTORIQUE

Voici un clan d'*Homo sapiens* installé dans un village de tentes, près d'une rivière.

1. Une hutte : faite avec des peaux de bêtes et des branches d'arbre, elle ressemble au tipi des Indiens d'Amérique.

2. Une aiguille : elle est en os. Le fil est un tendon d'animal.

3. Une lame de silex : elle permet de racler les écailles du poisson.

4. Un séchoir à poissons : il permet de conserver le poisson plus longtemps.

5. Une lampe : elle est en pierre et contient de la graisse animale. Une brindille sert de mèche quand on l'allume.

6. Un renne : sa viande, sa peau, ses bois sont très utiles. Les rennes sont très nombreux et souvent chassés.

7. Un collier de dents d'animaux.

8. Un propulseur : le crochet du bout permet de lancer une arme avec plus de force et de précision.

9. Un harpon : cette lance est munie de crochets en os ou en bois et permet de pêcher.

– Viens Perle ! Viens, mon beau, dit Yéga, en tenant le poulain par la crinière.

Elle monte sur un arbre couché au sol et elle se hisse sur le dos de l'animal. Il n'a jamais senti un tel poids sur son dos et se met à piaffer. Mais Yéga lui passe ses deux bras autour du cou et murmure :

– Fais-moi courir, Perle ! Emmène-moi sur ton dos !

Le poulain se cabre une ou deux fois puis part au galop. Yéga la Boiteuse découvre le bonheur de courir et l'excitation de la vitesse.

La jeune fille et le cheval prennent l'habitude de faire de longues promenades. Au début, Yéga se laisse porter. Puis elle apprend à guider le cheval : en serrant ses flancs d'un côté ou de l'autre pour qu'il tourne, en tirant sa crinière pour qu'il stoppe.

Un jour où ils sont loin de la cascade, Perle pile brutalement. Yéga saute à terre et découvre, dans les hautes herbes, deux corps inanimés. Une femme est couchée dans un trou fraîchement creusé. Ses longs cheveux cachent son visage et sont recouverts de fleurs sauvages. Un garçon gît à ses côtés, la tête en sang.

CHAPITRE 3

L'ÉTRANGER

Yéga imagine ce qui s'est passé : « Ils ont été attaqués par une bête sauvage. Le garçon a voulu enterrer sa mère, mais il est mort avant… » Un gémissement la détrompe. Elle s'agenouille et découvre que le garçon respire encore.

Yéga fait coucher Perle et hisse le corps de l'adolescent sur le dos de l'animal.

« Il me reste une chose à faire », se dit Yéga. Elle recouvre de terre le corps de la morte et fait rouler quelques pierres sur la tombe pour éloigner les charognards. Puis elle monte sur la croupe du cheval et repart au petit trot. Il fait nuit quand elle approche du campement de la rivière. Elle attache Perle dans le sous-bois et lui glisse à l'oreille :

– Je vais chercher Vanec. Reste là, Perle, sans faire de bruit.

Un quart d'heure plus tard, le guérisseur est agenouillé près du blessé. Il nettoie la plaie de son crâne et y met une poudre qui empêche le sang de couler. En découvrant le visage du garçon, Yéga s'exclame :

– Qu'il est laid ! Son nez est large, ses yeux sont enfoncés et il n'a pas de menton !

– Ce garçon fait partie du Peuple étranger, explique Vanec.

– Le Peuple étranger ? Qu'est-ce que c'est ? demande Yéga.

– Ils sont différents de nous. Ce sont des brutes qui parlent à peine… Que va-t-on faire de lui ? s'inquiète le vieil homme en posant un cataplasme sur la tête du garçon.

– Guérissons-le, on verra après…

Perle hennit doucement comme pour approuver la jeune fille. Vanec redresse la tête et questionne :

– Et ce cheval ? Explique-moi ce qu'il fait ici.

suite page 25

NÉANDERTAL, UNE AUTRE ESPÈCE HUMAINE

Un physique différent

Le nom de Néandertal vient de la vallée de Neander, en Allemagne. C'est là qu'on a trouvé les os de cette espèce humaine. L'étude de ces os nous apprend que cet homme est petit et trapu, peu poilu et de peau claire. Il marche et court comme nous, mais sa musculature est plus puissante que la nôtre. L'étude de son crâne montre que les zones du langage de son cerveau sont bien développées.

Un sacré chasseur

Néandertal est un grand mangeur de viande : du cheval, du renne, du bison. Il peut manger sa viande rôtie, car il maîtrise le feu. Il casse les os de ses proies pour récupérer la moelle très nourrissante. L'étude de son squelette montre qu'il peut projeter ses lances avec une grande force. Il a une vue excellente et un odorat plus développé que nous.

Un grand tailleur de silex

L'homme de Néandertal taille le silex pour fabriquer des outils tranchants. Il tanne des peaux de bêtes, puis les assemble avec des nerfs pour se faire des habits ou des couvertures.

Le respect des morts

Des tombes retrouvées prouvent que Néandertal enterre ses morts. Elles contiennent souvent plusieurs corps d'adultes et d'enfants. Des objets sont déposés à côté : un outil, une patte d'animal, des plantes. Était-ce une marque d'affection ou le signe que les hommes de Néandertal croyaient en une forme de vie après la mort ?

Une disparition mystérieuse

Néandertal a vécu de –350 000 ans à –30 000 ans, en Europe et en Asie centrale. Il a rencontré *Homo sapiens*. Des scientifiques américains ont prouvé que l'homme de Néandertal et *Homo sapiens* ont fait des enfants ensemble. Aujourd'hui, 1 à 4 % de ton génome (ton « plan de fabrication » d'être vivant unique) provient de ce groupe humain.

– Je te présente Perle, répond Yéga en caressant les flancs argentés du cheval. Il est devenu mon ami et je fais de longues promenades sur son dos.

– Un cheval qui obéit ! Un blessé du Peuple étranger ! s'étonne Vanec. Je dois parler de tout cela à Soho.

– Oh mon oncle, ne dis rien au chef ! supplie Yéga. Je vais cacher le garçon et je le soignerai.

– Tu peux le faire grâce à ce que je t'ai appris, reconnaît Vanec. Mais je consulterai les Esprits pour l'Étranger. Ils dicteront ma conduite.

Et sur ces mots, le chaman retourne au campement.

Avec l'aide de Perle, Yéga conduit le blessé près de la cascade. Toute la nuit, elle lui fait boire de l'infusion de saule. Quand il ouvre enfin les yeux, elle y lit d'abord la surprise. Il prononce des sons étranges qu'elle ne comprend pas. En frappant du poing sur sa poitrine, elle se présente :

– Yéga.

– Ey-gah, répète-t-il du mieux qu'il peut.

– Yéga. Et toi, quel est ton nom ? demande-t-elle en posant sa main sur le torse du blessé.

– Tar-so, répond-il dans un souffle.

– Tarso, je vais bien m'occuper de toi, et tu seras vite guéri.

Le lendemain, un rayon de soleil réveille Tarso. Sa tête repose dans le giron de Yéga, endormie. La jeune fille l'a veillé toute la nuit. Il observe avec étonnement cette fille d'une autre espèce humaine* que la sienne. Elle lui paraît grande et menue. Il touche son front si différent du sien. Ce contact réveille Yéga :

– Ta main est fraîche. Tu n'as donc plus de fièvre, dit-elle, très fière d'avoir bien soigné le blessé.

Le garçon ne la comprend pas, mais il sait qu'il lui doit la vie. Il s'assoit en tailleur, prend le collier orné de dents d'ours qu'il porte sur la poitrine et le passe au cou de la jeune fille.

– Ey-gah, dit-il.

– Merci Tarso. Tu dois beaucoup tenir à ce collier qui te vient de ton peuple. Ton geste me touche beaucoup, répond Yéga.

Quelques semaines plus tard, Yéga monte en claudiquant vers la cascade. Dans son sac, elle a glissé de

* *Yéga est une* Homo sapiens, *Tarso est un Néandertal.*

la viande séchée volée au campement et des baies cueillies sur le chemin. L'orage qui gronde l'incite à prendre le chemin le plus court. Yéga ne voit pas que Bronx la suit.

À la cascade, Tarso est inquiet. Il ne parvient pas à calmer Perle que les éclairs affolent.

– Attrape, Tarso, dit Yéga en lui jetant le sac de provisions. Je m'occupe de mettre Perle à l'abri, dans le sous-bois.

Aidée par Tarso qui lui fait la courte échelle, la jeune fille monte sur le cheval. Pour le faire avancer malgré les éclairs, elle lui masque les yeux avec un bandeau. À peine a-t-elle disparu, que Bronx surgit devant Tarso.

CHAPiTRE 4

LE MONDE DES TÉNÈBRES

Bronx fait tournoyer sa fronde et hurle :

– Que fais-tu ici, sale Étranger ?

Au même moment, un coup de tonnerre déchire le ciel. Surpris, Bronx lance sa pierre et atteint son adversaire en pleine tête, sur son ancienne blessure. Hurlant de douleur, Tarso se tient les tempes à deux mains et fonce droit devant lui, dans les eaux déchaînées de la cascade.

Bronx reste bouche bée et n'en croit pas ses yeux : l'Étranger a disparu !

« J'ai dû rêver, se dit-il. C'est un mauvais sort que m'a jeté la Boiteuse ! » Et il repart en courant sous la pluie battante.

Yéga a attaché Perle à un arbre et s'inquiète de ne pas trouver Tarso à son retour :

– Tarso ? Où es-tu ?

Une voix lointaine lui répond :

– Ey-ga, Ey-ga !

La jeune fille ne comprend pas : cette voix vient de l'autre côté de la cascade. De nouveau la voix appelle :

– Ey-ga !

Et une branche apparaît dans le rideau de la cascade. Yéga la saisit et s'avance lentement. D'un seul coup, elle se sent tirée au travers des eaux et se retrouve dans une cavité, invisible de l'extérieur.

Trempés des pieds à la tête, les deux adolescents se jettent dans les bras l'un de l'autre. Yéga est trop excitée pour voir que Tarso saigne de la tête et pour se demander comment il est arrivé là.

– C'est incroyable ! Nous sommes dans une grotte cachée par la cascade, lance-t-elle, ravie.

Tarso lui montre une galerie qui s'enfonce dans la montagne.

– Lu-miè-re, prononce-t-il lentement.

Du fond de ses poches, Yéga sort deux pierres à feu*. Tarso trouve quelques brindilles sèches dans un recoin de la grotte. La jeune fille les enflamme en heurtant les deux pierres, puis elle met le feu à une branche rapportée par Tarso.

**Des pierres de pyrite qui contiennent du fer et produisent des étincelles sous un choc.*

En se tenant par la main pour se donner du courage, les jeunes gens s'enfoncent dans les ténèbres.

Le plafond de la galerie s'abaisse brutalement. Tarso et Yéga rampent en poussant la torche devant eux. Au bout du tunnel, ils se retrouvent devant un éboulis vertigineux. Yéga hésite. Alors Tarso la prend sur son dos et il descend à grandes enjambées l'amas de pierres roulantes. Enfin, ils débouchent dans une salle immense.

– On dirait des cascades de pierre, murmure Yéga, impressionnée par le décor naturel de la grotte.

Tarso serre fort la main de sa compagne. Lui aussi ressent la magie du lieu. Ils tournent sur eux-mêmes, et la lueur vacillante de la torche éclaire une nouvelle paroi.

Ils s'arrêtent, sidérés. Un grand étalon à la crinière sombre et aux flancs ponctués de taches noires apparaît sous leurs yeux. Par quelle magie est-il là ?

« Ce cheval est trop gros pour passer dans le tunnel de la grotte », pense Yéga. « Il ne bouge pas du tout ! », s'étonne Tarso. Sans oser s'approcher de l'animal immobile, il le montre du doigt à sa compagne et lui dit de sa voix rauque :

– Per-le.

Yéga trouve aussi que ce cheval ressemble à Perle, mais elle ne prononce pas un mot tant elle est surprise par la présence de l'étalon.

Leur flambeau est presque consumé. Yéga et Tarso font demi-tour. La remontée de l'éboulis est plus pénible que la descente. Dans le tunnel, ils font les derniers mètres dans le noir, guidés par le bruit de la cascade.

À l'extérieur, l'orage s'est éloigné. Un grand feu a été allumé par Soho et Vanec qui attendent, assis en tailleur. Quand les deux adolescents surgissent au travers de la cascade, le chaman ne semble pas étonné. Mais le chef bondit sur ses pieds et les toise d'un air furieux :

suite page 36

SECRETS D'ARTISTES PRÉHISTORIQUES

Dans le mystère des grottes

Les hommes « des cavernes » n'y vivent pas : c'est bien trop humide ! Ils s'abritent juste du froid et de la pluie à l'entrée de la grotte. Mais l'intérieur des cavernes présente un décor naturel merveilleux qui fascine les hommes préhistoriques. Le labyrinthe des galeries souterraines et le relief des parois les inspirent.

Un lieu sacré

Les grottes peintes sont des lieux secrets où peu d'hommes préhistoriques pénètrent. On n'y a trouvé que des outils destinés à peindre ou à éclairer. Les peintures ne sont pas là pour décorer. Elles sont des signes magiques que les artistes-sorciers utilisent pour communiquer avec les esprits de la nature.

Quel bestiaire !

Sur les murs des cavernes, les artistes ont surtout peint des animaux : des aurochs, des chevaux, des cervidés, des lions, des ours, des mammouths… On trouve de très rares représentations humaines. Par contre, des empreintes de mains ponctuent souvent les parois. Et de nombreux signes géométriques restent mystérieux.

L'art décoratif

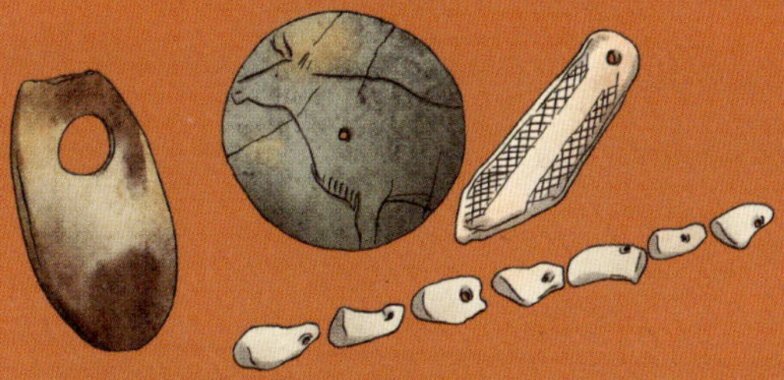

Des pendeloques, des colliers, des statuettes suspendues… On a retrouvé beaucoup de bijoux dans les tombes préhistoriques. Ils étaient fabriqués en os, avec des coquillages, avec des dents d'animaux. Ces éléments de parure étaient des marques d'appartenance à un clan ou des preuves de richesse.

Sculptures de femmes

L'artiste préhistorique est aussi sculpteur. On a découvert de nombreuses statuettes féminines en ivoire, en os ou en pierre. Elles mesurent entre 10 et 20 centimètres et ont toutes des seins et des ventres proéminents. Elles étaient sans doute des symboles de fécondité pour assurer la survie de l'espèce.

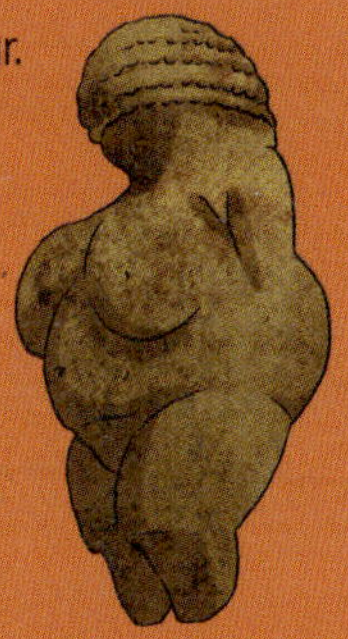

– Voici donc l'Étranger qui hante la cascade ! Bronx n'a pas rêvé ! crie-t-il.

– Bronx est venu ici ? s'inquiète Yéga.

– Il t'a vue voler de la nourriture et t'a suivie, accuse le chef.

La jeune fille se jette aux pieds du chef :

– Pardonne-moi, Soho !

– Il y a bien des lunes, notre clan a été attaqué par les Étrangers. Les nôtres ont été tués, raconte le chef.

Puis il désigne Tarso et ordonne :

– Celui-ci doit mourir !

CHAPITRE 5

LE CHEVAL DE PIERRE

Yéga pleure et s'agrippe à Tarso. Mais Vanec intervient :

– Soho, je comprends ta méfiance envers les Étrangers. Mais celui-ci est différent.

– Tu savais qu'il était là ? demande Soho.

– Oui, et je n'ai rien dit, reconnaît le chaman. Mais j'ai consulté les Esprits. Ils m'ont révélé que l'Étranger devait vivre.

Soho se rassoit et réfléchit. Yéga s'approche de son oncle et murmure :

– Tarso a découvert une grotte derrière la cascade. Elle s'enfonce dans la montagne.

Vanec fixe l'adolescent avec intensité :

– Il devait vivre pour nous guider dans les entrailles de la Terre, déclare-t-il. Mais les Esprits des ténèbres pourraient s'irriter de votre audace. Demain, nous irons les honorer.

Après un temps de silence, Soho se lève :

– J'ai décidé. L'Étranger est placé sous ta surveillance, Vanec. Mais il devra partir avant l'hiver.

Puis le chef repart vers le campement. Le chaman ne commente pas la décision de Soho et il se tourne vers Yéga et Tarso :

– Dormons ! Demain sera un autre jour…

Yéga comprend que Tarso est sauvé, pour l'instant. Les deux adolescents se recroquevillent sous la même couverture et s'endorment aussitôt sous le regard indulgent de Vanec.

suite page 40

LASCAUX, UNE DÉCOUVERTE INCROYABLE

Été 1940

La grotte préhistorique la plus connue de France s'appelle Lascaux et se trouve en Dordogne. En 1940, dans le bois de Lascaux, quatre adolescents explorent un trou qui ressemble à l'entrée d'un souterrain. Après avoir rampé, ils découvrent des centaines de peintures d'animaux qui forment comme une énorme bande dessinée. Ils invitent leurs copains à admirer les vaches qui sautent, les chevaux qui tombent, les cerfs qui nagent. Puis ils en parlent à leur instituteur qui comprend que ces peintures sont très anciennes. Les préhistoriens expertisent la grotte : les fresques ont 18 000 ans !

La catastrophe

Un nouvel accès est ouvert pour permettre aux visiteurs d'admirer la grotte de Lascaux. Mais en quelques années, une catastrophe se produit. La respiration des visiteurs modifie l'air de la grotte. Des mousses et des algues apparaissent et abîment les peintures. En 1963, il faut fermer le site.

Lascaux II

Une copie grandeur nature est conçue à proximité de la vraie grotte. La principale salle souterraine est reproduite, avec un relief équivalent. L'artiste chargé des peintures utilise les mêmes matériaux que l'homme préhistorique : l'ocre, l'argile et le manganèse. Sur le web, un très beau site (*www.lascaux.culture.fr*) permet aussi de visiter les lieux sur ordinateur.

D'autres merveilles

D'autres découvertes fabuleuses ont eu lieu en France. En 1988, près de Marseille, Henri Cosquer plonge et découvre une grotte sous-marine. Les peintures datent de 27 000 ans et montrent des chevaux, des bisons et des pingouins ! En 1994, Jean-Marie Chauvet découvre une grotte dans une falaise d'Ardèche. Les peintures de lions, ours ou rhinocéros ont 30 000 ans.

Le lendemain, munis de plusieurs torches, le petit groupe s'engage dans le tunnel et descend l'éboulis. Dans la grande salle, Vanec choisit soigneusement quelques grosses pierres et y dépose des offrandes : la mandibule d'un sanglier, des fruits, une couronne de fleurs.

Puis Yéga et Tarso l'emmènent devant le cheval. La jeune fille s'étonne :

– Il n'a pas bougé depuis hier. Comment est-ce possible ?

Le vieux sage lui explique :

– C'est un cheval de pierre. Il n'est pas réel. Des hommes l'ont dessiné sur la paroi.

Pour la convaincre, Vanec prend la main de Yéga et la pose sur le museau de l'animal. En le caressant, Yéga comprend que la tête du cheval a été peinte à l'extrémité d'une roche qui en a la forme. Vanec ajoute :

– Les Esprits vous ont guidés jusqu'ici. Vous êtes dignes de les honorer en faisant naître de nouvelles formes. Nous reviendrons demain.

Le jour suivant, Vanec sort de son sac un bloc d'argile, du charbon de bois, un galet, des os creux. Il écrase le charbon et l'argile pour obtenir des poudres noire et rouge. Il scrute la paroi du cheval, la caresse avec la paume de sa main. Avec du noir de manganèse, Vanec esquisse le contour d'un second cheval qui tourne le dos au premier. D'une pointe de silex, il souligne le ventre de la bête qui prend du relief. Puis avec des pinceaux de crin, il étale de la couleur.

« Son cheval prend vie », admire Yéga.

Quand il a terminé, le chaman dit :

suite page 44

1
2
3
4
5
6
7
8
9

LES ARTISTES AU TRAVAIL

Dans cette grotte enfouie dans les profondeurs de la terre, des *Homo sapiens* décorent les parois.

1. Des pinceaux : ils sont en fibres végétales ou en poils d'animaux.

2. Un mortier : l'artiste y broie de l'ocre en poudre fine. Ce minerai mélangé à de l'eau sert de peinture.

3. Une frise de mammouths : elle est dessinée avec des morceaux de charbon de bois.

4. Une torche.

5. Du charbon de bois.

6. Des silex : ils servent à graver la pierre pour dessiner le contour des animaux.

7. Des tampons : ils sont en herbe et servent à appliquer la peinture.

8. Une lampe : elle est en pierre ou en os. Elle contient de la graisse de renne ou de mammouth.

9. Une échelle : c'est un tronc dont on a coupé les branches.

10. Un os creux : l'homme souffle dedans et projette de la peinture autour de sa main qui sert de pochoir.

11. La paroi : elle est en calcaire et couverte de calcite blanche.

– À vous de laisser votre empreinte !

Yéga trempe sa main droite dans l'argile et la pose au-dessus du cheval. Tarso enduit sa main gauche de poudre noire et colle son empreinte à celle de Yéga. Le résultat leur plaît tant qu'ils recommencent jusqu'à ne plus avoir de colorant.

Vanec contemple leur travail :

– Yéga, je crois que tu as trouvé.

– Trouvé quoi, mon oncle ?

– Le sens de ta boiterie. Si tu n'avais pas boité, tu n'aurais pas apprivoisé Perle. Sans Perle, tu n'aurais pas sauvé Tarso. Et, sans Tarso, tu n'aurais pas découvert ce cheval peint.

– Tu as raison, murmure Yéga.

– Et aujourd'hui, les Esprits vous montrent la voie, conclut Vanec en repartant.

Yéga et Tarso le suivent après un dernier regard sur leurs mains jointes.

Devant la cascade, ils retrouvent Perle. Yéga s'accroche au cou de l'étalon :

– Oh Perle ! Si tu pouvais voir ton jumeau de pierre !

Vanec saisit les deux mains encore colorées des jeunes gens et les pose l'une sur l'autre :

– Yéga, tu le sais, Tarso doit partir…

– Alors je l'accompagne ! répond la jeune fille.

– Oui, Yéga. Perle vous conduira loin d'ici. Vous fonderez un nouveau clan.

Yéga serre Tarso et Vanec dans ses bras :

– Nous l'appellerons « le clan du Cheval ».

DANS LA MÊME COLLECTiON

La véritable histoire de Titus,
le jeune Romain gracié par l'empereur

La véritable histoire de Myriam,
enfant juive pendant la Seconde Guerre mondiale

La véritable histoire de Paulin,
le petit paysan qui rêvait d'être chevalier

La véritable histoire de Neferet,
la petite Égyptienne qui sauva le trésor du pharaon

La véritable histoire de Pierrot,
serviteur à la cour de Louis XIV

La véritable histoire de Louise,
petite ouvrière dans une mine de charbon